献给萨利希海——
每日的同伴和老师。
献给洛基和陶,
猫科动物的灵感。
也献给在水中出生的莉莉,
美丽的精灵。

——布伦达·彼得森

给那些受之无愧的人——
他们点燃灯火,
照亮这个
因失去灵感与想象
而陷入漫长
黑暗的世界。

——杨志成

一只猫,名叫克塔思多福,
在浮木上来回踱步,

越过潮池,水花四溅,
让寄居蟹心烦,让杜父鱼意乱,
让他们的鳞鳃在恐惧中抖颤。

现在,猫的整个世界
就是这退潮时的小小海滩。

一只蛎鹬

吹响警哨:小心危险!

克塔思多福离家太远,
现在他迷路了,没有家人陪伴。
他好奇地询问:
"这儿有谁愿意和我一起玩?"

朝入侵者喷射墨汁的章鱼,

可不是好玩伴。
她缩在一块突出的岩石下面,
三个心脏,咚咚作响。

当克塔思多福用爪子
去拨弄海葵时,
这朵绿色的海中花,
喷出咸咸的水花,
朝他脸上一记**猛打**。

克塔思多福赶紧向后一跳，
生气地舔了舔自己的皮毛。

"我还以为你是死的。"

"我像你一样活着！"
海葵滔滔不绝，活力四射。

克塔思多福碰到
海葵的触手，它们柔韧如橡胶，
却刺痛了这只猫。

"呜！"猫愤怒咆哮。

他准备一扑而上，
但是海葵充满疑惑：
"为什么你孤身一个？
在我们舒适的栖息地，
我有朋友许许多多。"

在寒冷的浅海中，
百岁海葵们舞动着触手。

"如果我们感到孤独，
就把自己分裂成双。"他们唱道。

猫决定停止进攻。
因为这是他在海滩上遇到的
第一种友善的生物。

"就叫我克塔思多福。"
他高兴得咕噜咕噜。

"你可以叫我小莫。"她说，
笑得像是一枝玫瑰花朵。

对这只独往独来的猫来说，
被友善欢迎的感觉，真不错。

海胆们在浅海中舞着桑巴。

克塔思多福转起圈圈,欢迎潮池乐队登场。

"你们应该去路演!你们会成为摇滚巨星,像滚石*一样!"

"我们已经是摇滚巨星了,就像滚石一样。"巴迪说。
"无论我们怎样摇滚,都被世界上最黏的胶水粘在这岩石上!"

*滚石指滚石乐队,是一支世界著名的摇滚乐队。

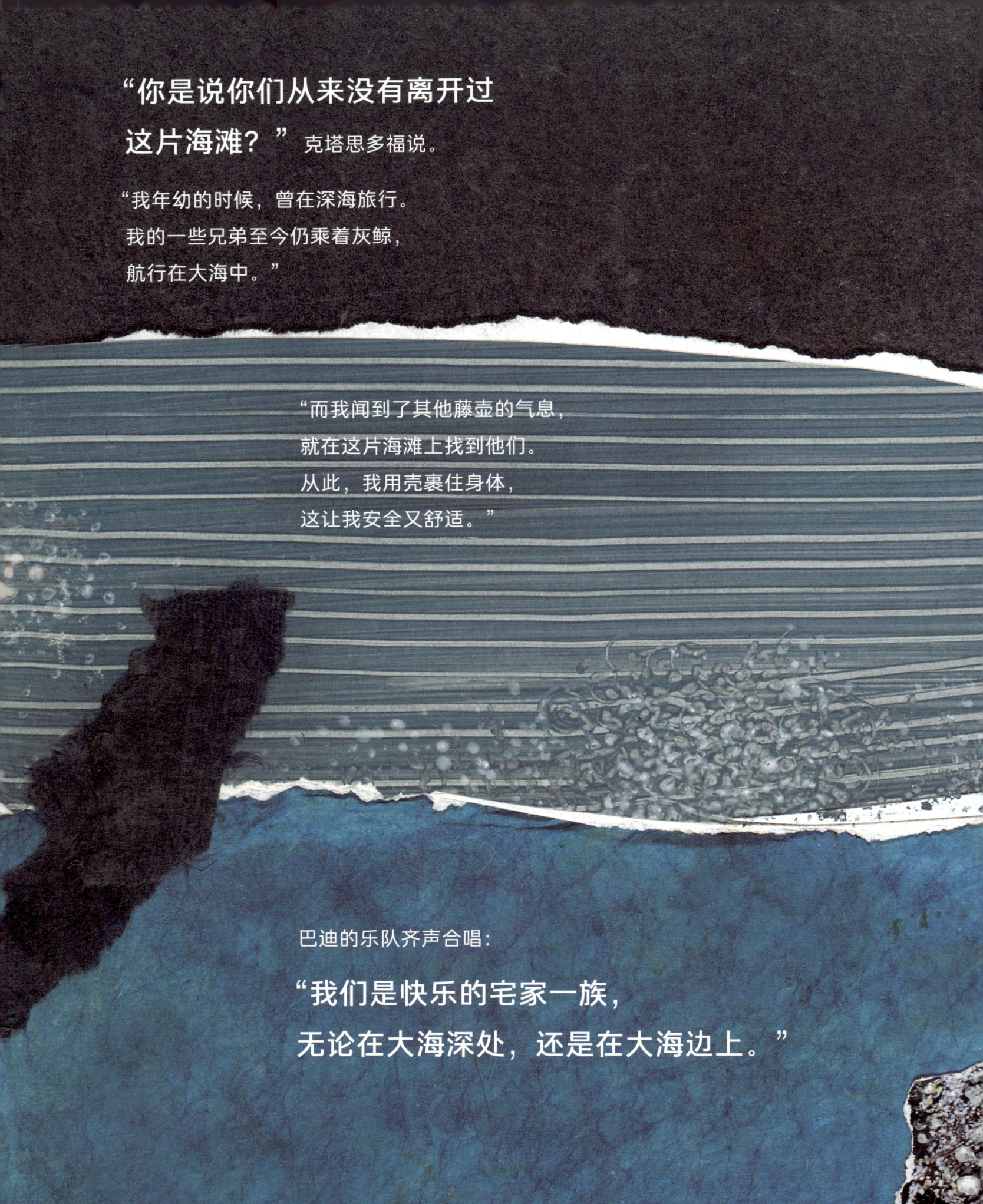

"你是说你们从来没有离开过这片海滩?"克塔思多福说。

"我年幼的时候,曾在深海旅行。
我的一些兄弟至今仍乘着灰鲸,
航行在大海中。"

"而我闻到了其他藤壶的气息,
就在这片海滩上找到他们。
从此,我用壳裹住身体,
这让我安全又舒适。"

巴迪的乐队齐声合唱:

"我们是快乐的宅家一族,
无论在大海深处,还是在大海边上。"

不知从哪儿冒出一个大浪,

拍在潮池上。

回头浪卷起克塔思多福,

让他不停旋转,

还一个劲儿把跟头翻。

克塔思多福终于摆脱危险,
他喝了那么多的海水,
差一点儿溺水而亡。

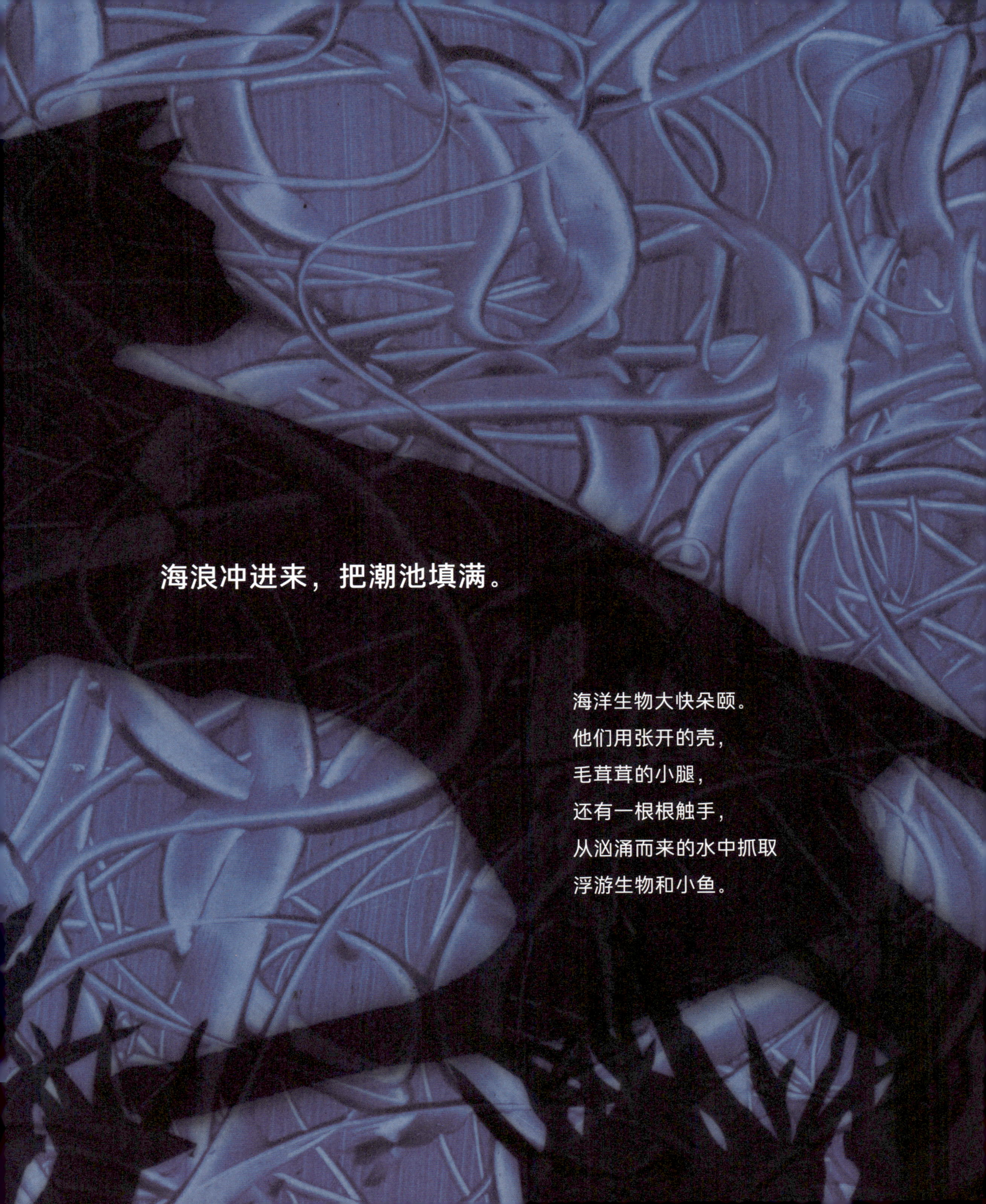

海浪冲进来,把潮池填满。

海洋生物大快朵颐。
他们用张开的壳,
毛茸茸的小腿,
还有一根根触手,
从汹涌而来的水中抓取
浮游生物和小鱼。

最后，海浪把猫抛回阳光灿烂的海滩。
克塔思多福急急忙忙理顺自己湿漉漉的毛。

猫环顾四周，但是找不到他的潮池朋友。
"巴迪？小莫？你们在哪儿？"
克塔思多福大声嘶吼。

没有应答。

他颤抖着，慢慢爬到浮木下方，
蜷缩在冰冷的沙地上，进入梦乡。

现在是涨潮时分,猫在海滩上,越来越孤单。

第二天早上,克塔思多福在藤壶乐队的响板声中苏醒。

虾在演奏打击乐,啪啪嘭嘭。

接着传来小莫甜美又熟悉的呼唤声:

"克——塔——思——多——福!"

猫朝着潮池
朋友们的声音奔跑。

猫拍了拍小莫,
非常柔,非常轻,
他咕噜咕噜,对巴迪说:
"又能和你们相见,我真高兴!"

突然,猫听到一阵巨响。

砰!
　　砰!
　　　　砰!!

是沙滩上的运动鞋!

两个孩子正在赛跑,他们的脚踩碎了一些藤壶,压扁了一些海葵。

"快跑!克塔思多福!"在关上外壳之前,巴迪大声喊。

猫飞快越过温暖的海滩,
在黏滑的海藻上滑行,
从海莴苣上一掠而过。

当男孩抓住他时,
克塔思多福闭上了眼睛,
他知道接下来会发生什么事情。

猫认出了海滩上的坏蛋。
因为,他自己也曾是其中一员。

"寻找你的启事到处都是!"
女孩说。

男孩咧嘴一笑:
"你的主人真的很想念你。"

克塔思多福放松了心情,
任由孩子们把他抱得更紧,
抚摸他那被咸水浸泡过的皮毛。

"来吧,"女孩说,"现在正在涨潮,
而且,猫不属于海滩。
我们带你回家吧。"

克塔思多福对着孩子们喵喵叫:
"小心别踩到我的朋友,
这是在他们的潮池里。"

孩子们似乎听懂了。
他们踮起脚,
小心翼翼,
绕开了巴迪和他的藤壶伙伴。

他们驻足观望
小莫花园里盛开的花。

当克塔思多福被带回家,
他听到巴迪的藤壶乐队
为他把送别的歌儿唱响:

"我们是快乐的宅家一族,
无论在大海深处,还是在大海边上。"

后记

我住在萨利希海边的时候,发现我那只淘气猫伊万·路易斯三世时不时溜出房子,在后院的海滩上溜达。有一天,我看见伊万惊跳起来,它当时正在拨弄一群海葵,海葵喷了它一鼻子水。为了在退潮后活下来,海葵吸满了水。那一刻,我的猫似乎突然明白:这些潮池生物和它一样是活生生的。

退潮时,孩子们会在海滩上探险,享受潮涨潮落带来的无边乐趣。他们通常由一位海滩博物学家带领着,他告诉大家,这个复杂的潮汐生态系统对所有的生命来说都很珍贵。我们所有人都与这些最微小、最容易被忽视,甚至看上去最丑陋的海洋生物紧密相连,休戚相关。

美国国家公园管理局称潮池为"海上之窗"。克塔思多福与聪明的藤壶巴迪和可爱的海葵小莫建立了友谊。这份与潮池伙伴们之间的友谊,让它了解到潮池生物的生存技能。那是属于潮池生物的秘密力量——紧紧抓牢岩壁,弱小的潮池生物就能勇敢面对强大的潮汐,一天两次。

即使它们有保护壳,太阳有时也会灼伤它们裸露的身体。这些潮池生物教会我们许多:坚忍、互相支持、共同珍惜这片海滩家园。正如克塔思多福和这些小家伙所做的那样,人类和动物可以成为真正的好邻居。

——布伦达·彼得森

同理心能激励我们保护自然,让我们更加亲近自然吗?

这个世界是一个奇怪又奇妙的地方,值得我们去探索。海浪之下,隐藏着最为奇特的生命。海洋生物们看上去迥然不同,生活方式参差多态。这种生物多样性使生态系统更稳固、更强大,但也会让我们很难与这些异类生命建立联系。同理心可以让我们想象自己用鱼鳍潜游一英里。这会帮助我们用眼去看,用心去体会,进而发现那些不寻常的海洋生物与我们的共同之处。感觉到与海洋生物彼此相连,会使海洋生物成为我们的关注对象,这样我们就能关心它们、保护它们。

西雅图水族馆曾经想要开发一个工具来帮助水族馆的游客建立同理心。这个想法促成了富有成效的合作,催生了这本美丽的书。讲故事是建立同理心最有力的一种方式,它邀请我们走进故事,和角色一起去体验。愿你喜欢和克塔思多福一起探索潮池,愿你对这个迷人的水世界多一些亲近感。

——西雅图水族馆

Catastrophe by the Sea
Text copyright © 2019 by Brenda Peterson
Illustrations copyright © 2019 by Ed Young
First published by West Margin Press, WestMarginPress.com.
Simplified Chinese translation copyright © 2023 by Love Reading
Information Consultancy (Shenzhen) Co., Ltd.
All rights reserved.

版权登记号 图字：19-2023-189 号

本书简体中文版权经 West Margin Press 授予心喜阅信息咨询（深圳）有限公司，由深圳出版社独家出版发行。
版权所有，侵权必究。

图书在版编目（CIP）数据

到海边去／（美）布伦达·彼得森著；（美）杨志成绘；常立译．－－深圳：深圳出版社，2023.10
ISBN 978-7-5507-3868-3

Ⅰ．①到… Ⅱ．①布… ②杨… ③常… Ⅲ．①儿童故事－图画故事－美国－现代 Ⅳ．① I712.85

中国国家版本馆 CIP 数据核字(2023)第 133451 号

到海边去
DAO HAIBIAN QU

[美] 布伦达·彼得森 / 著　[美] 杨志成 / 绘　常立 / 译

出 品 人：聂雄前
策划编辑：周　杰　陈雨茹
责任编辑：何廷俊
责任技编：陈洁霞
责任校对：彭　佳
装帧设计：欧阳诗汝
出版发行：深圳出版社
地　　址：深圳市彩田南路海天综合大厦（518033）
网　　址：www.htph.com.cn

印　　刷：佛山市高明领航彩色印刷有限公司
开　　本：889mm×1194mm　1/16
印　　张：2.5
字　　数：12.5 千
版　　次：2023 年 10 月第 1 版　2023 年 10 月第 1 次印刷
书　　号：ISBN 978-7-5507-3868-3
定　　价：59.00 元

策划／心喜阅信息咨询（深圳）有限公司　　http://www.lovereadingbooks.com
咨询热线／0755-82705599　　销售热线／027-87396822